# 親愛的老鼠朋友，
# 歡迎來到太空鼠的世界！

## Geronimo Stilton
## 星際太空鼠

## 這是一個在無盡宇宙中穿梭冒險的科幻故事！

親愛的老鼠朋友們：

　　我有告訴過你們我是一個科幻小說的狂熱愛好者嗎？
我一直想寫一些發生在另一個時空的冒險故事……
可是，所謂的**平行宇宙**真的存在嗎？

　　就這個問題，我諮詢了老鼠島上最著名的伏特教授，
你們知道他是怎麼回答我的嗎？

　　他說根據一些科學家的研究發現，我們所處的時空和
宇宙並非唯一的。世上**還存在着許多不同的時空和宇宙空
間，甚至有一些跟我們相似的宇宙存在呢！在這些神秘的
宇宙空間，或許會發生我們無法預知的事情。**

　　啊，這個發現真讓鼠興奮！這也
啟發了我，我多希望能夠寫一些關於
**我和我的家鼠**在宇宙中探索新世界的
科幻故事啊！而且，我想到一個非常
炫酷的名稱——**星際太空鼠**！

伏特教授

　　**我們能夠在銀河中遨遊！一定能讓其
他鼠肅然起敬！**

# Geronimo Stilton
# 星際太空鼠

謝利連摩·史提頓

賴皮·史提頓

菲·史提頓

機械人提克斯

班哲文·史提頓
和潘朵拉

馬克斯·坦克鼠
爺爺

# 銀河之最號

太空鼠的太空船艦，太空鼠的家
同時也是太空鼠的避風港！

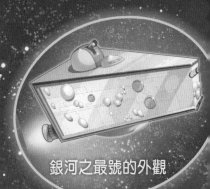

銀河之最號的外觀

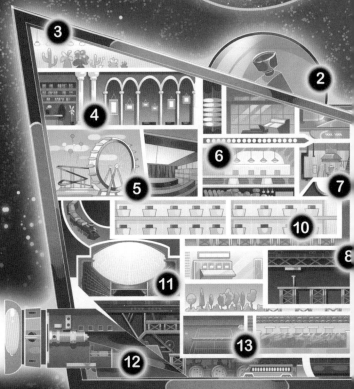

1. 控制室
2. 巨型望遠鏡
3. 溫室花園，裏面種着各種植物和花朵
4. 圖書館和閱讀室
5. 月光動感遊樂場
6. 史諤茲大廚的餐廳和酒吧
7. 餐廳廚房
8. 噴氣電梯，穿梭於太空船內各個樓層的移動平台
9. 電腦室
10. 太空艙裝備室
11. 太空劇院
12. 星際晶石動力引擎
13. 網球場和游泳池
14. 多功能健身室
15. 探索小艇
16. 儲存倉
17. 自然環境生態園

# 星際太空鼠 4

## 星際舞會魔法夜
## LA MAGICA NOTTE DELLE STELLE DANZANTI

作　　者：Geronimo Stilton　謝利連摩・史提頓
譯　　者：顧志翔
責任編輯：胡頌茵
中文版封面設計：陳雅琳
中文版內文設計：羅益珠　劉蔚
出　　版：新雅文化事業有限公司
　　　　　香港英皇道499號北角工業大廈18樓
　　　　　電話：(852) 2138 7998　傳真：(852) 2597 4003
　　　　　網址：http://www.sunya.com.hk
　　　　　電郵：marketing@sunya.com.hk
發　　行：香港聯合書刊物流有限公司
　　　　　香港新界大埔汀麗路36號中華商務印刷大廈3字樓
　　　　　電話：(852) 2150 2100　傳真：(852) 2407 3062
　　　　　電郵：info@suplogistics.com.hk
印　　刷：C & C Offset Printing Co., Ltd.
　　　　　香港新界大埔汀麗路36號
版　　次：二〇一六年十一月初版
　　　　　二〇一七年七月第二次印刷

http://www.geronimostilton.com
Based on an original idea by Elisabetta Dami
Cover Design: Flavio Ferron, adopted by Sun Ya Publications (HK) Ltd.
Art Director: Iacopo Burno
Graphic Project：Giovanna Ferraris / TheWorldofDOT
Illustrations: Giuseppe Facciotto, Daniele Verzini
Graphics: Francesca Sirianni

ISBN: 978-962-08-6669-2

# Geronimo Stilton
# 星際太空鼠

# 星際舞會
# 魔法夜

謝利連摩・史提頓
Geronimo Stilton

新雅文化事業有限公司
www.sunya.com.hk

# 目錄

如果我們能夠穿越時空……

如果在銀河的最深處有這樣一艘太空船艦，上面居住的全部都是老鼠……

又如果這艘太空船的艦長是一個富有冒險精神又有些憨憨的老鼠……

那麼他的名字一定叫做謝利連摩·史提頓！

而我們現在講述的就是他的冒險故事……

那麼，你們準備好了嗎？

**快來跟著謝利連摩一起去星際旅行，穿梭神秘浩瀚的宇宙吧！**

# 遲到了，遲到了，遲到了！

　　整個故事始於一個寧靜的清晨，是的，你們沒有看錯，我說的是清晨！儘管我是一個喜歡睡懶覺的鼠，這天我卻是很早起牀，走到書桌前坐下工作……我連睡衣也沒有換呢！因為我無論如何都得儘快準備好我的致辭稿！

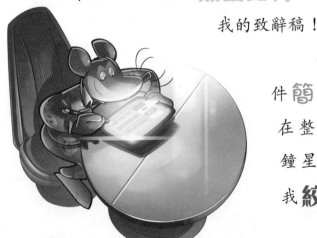

　　但這可不是一件簡單的事啊！在整整四十五分鐘星際時間裏，我絞盡腦汁，

試着**咬着**我的激光筆幫助思考，又**吃了**一大塊火星巧克力，最後才僅僅寫下了半行文字！

對了，我還沒有自我介紹：我叫史提頓，**謝利連摩·史提頓**，是全宇宙最特別的宇宙飛船——「銀河之最號」的艦長。（雖然我真正的理想是成為一名作家！）

話說回來，那天早上，為了完成致辭稿，我比往常早起牀，於是當**機械鼠管家**如常進來叫我起牀的時候，它吃了一驚：「**請起牀，請起牀，請起**……怎麼回事，史提頓艦長已經醒了？」

我回答說：「嗯，是的，我正在準備**星際舞會之夜**的致辭稿！」

什麼？什麼？什麼？你們竟然不知道星際舞會之夜是什麼？

我的宇宙小行星呀！

這可是所有鼠都期待的一個夜晚！

事實上，在每年的這個季節都有這麼特別的一天，這天在宇宙裏所有的星星都會如跳舞一般，在夜空裏畫出五彩絢麗的圖案！

當晚，光之星上的居民——精靈人，會將他們在一年之中精心準備的禮物送給全宇宙的外星人。整個晚上，宇宙中到處充滿了歡樂、友誼和幸福，而我們太空鼠也喜歡在這天晚上舉行慶祝晚會互相贈送禮物。

總之，星際舞會之夜是整個星球，不，整個星系，不，整個宇宙裏最受歡迎的節日！

# 星際百科全書

## 星際舞會之夜

精靈人會在一整年的時間裏，精心準備禮物送給全宇宙中的外星人。同時，在這天晚上，他們會乘坐在一艘掛有小鈴鐺的小太空船上劃過星空，在宇宙裏四處派發禮物。

# 星際百科全書

## 精靈人

**居住地**：光之星，一顆外形似禮物盒的星球。

**特長**：製作禮物。

**座右銘**：我們的微笑就是他人最好的禮物！

所以，我必須為這個晚會準備一段特別的講話！

但是，機械鼠管家似乎對此並沒有太大的興趣：「史提頓艦長，**現在是洗澡時間！洗澡時間！洗澡時間！**」

我拗不過它，於是走進了 **閃亮泡泡機** ——這是一台專門清潔太空鼠的神奇機器！

當我出來時，我不禁感歎道：「機械鼠管家，你知道嗎？原來，用 **月亮乳酪** 香味的沐浴露來洗澡能夠讓我充滿靈感！現在，我已準備好繼續寫我的致辭……**啊啊啊啊~~！！**」

天知道是誰把一塊又**光**又**滑**的肥皂扔在

地上……我不小心一個腳爪踩在肥皂上，然後就如同一艘小飛船穿梭在星星之間一樣摔出去，滑過房間裏各式各樣的家具。

我的宇宙乳酪呀！

當我快要撞到門上的時候，機械鼠管家伸出一支機械手臂一把將我舉起來。

「艦長先生，現在不是玩滑板時間，**快穿衣服！快穿衣服！快穿衣服！**」

啊啊啊啊～～！！

滑！滑！

說完，他就立刻將我扔進衣櫃。

當我出來的時候，身上的衣服已經穿着整齊妥當了。

機械鼠管家再次屬聲**催促**道：「艦長先生，你必須要抓緊時間，你已經遲到了！所有鼠都在**宇宙亞米餐廳**等着你進行節日彩排呢！」

儘管我還有些**暈暈乎乎**，此刻我也顧不上那麼多了。我趕緊衝出房間，跳上一輛太空的士，直奔艦艇上的餐廳去。

# 艦長，一切都由你來決定！

當我走進宇宙亞米餐廳時，我注意到大家都在這裏忙碌着，有些太空鼠正在梯子上掛着彩燈裝飾和橫幅，有些則正在忙於準備禮物上的心意卡，還有一些鼠在廚房裏正製作各種乳酪甜點。

我的妹妹菲看到我就急忙走過來，滔滔地説：「謝利連摩，你得檢查所有裝飾和陳設的擺放位置，還要聽一下星際合唱團的排練……另外，你得決定這個晚會到底採用哪一種顏色作為主色調，維嘉星青苔綠，還是金星雲杉綠！」

我猶疑地説：「呃……這兩種顏色有什麼分別？」

　　菲並沒有直接回答我，説：「除了這個……我們還有一大堆事情要做！」

　　説着，她翻開了一張長長的清單！

　　可是，*為什麼？為什麼？為什麼*所有的事情都需要由我來決定？

## 難道就因為我是艦長？

　　「嗨，表哥！」賴皮手上拿着一盒甜品走過來説，「這些巧克力甜點可真是美味！」

　　當我伸出手爪想要拿一塊嘗嘗時，他卻快如閃電地收回盒子：「啊，不用了，放下你的手爪！你已經有太多事情要做了……還是由我來負責幫你把關晚會的甜品吧！這樣我們分工合作……我都這樣幫你了，你難道還不滿意？」

當賴皮離去的時候，菲在一邊不禁**呵呵笑**出聲來。然後，她看着我問：「謝利連摩，你有沒有準備好在晚會上給精靈人的歡迎致辭？」

啊，不用了，放下你的手爪！

我的宇宙乳酪呀！我還沒有完成我的致辭稿呢！**咕吱吱！**

正當我準備回答的時候，一把我熟悉的聲音突然在我的身後響起：「**小孫子！直起背，挺起胸！**你一定要精神奕奕地迎接我們的精靈人朋友，千萬別給我丟臉……明白了嗎？」

「早……早啊，爺爺，是……是的，我已經準……備好了……」

我還沒來得及說什麼，**馬克斯·坦克鼠爺爺**就已經開始向我提各種建議，或者更確切些說……是命令了，他指導我在精靈人面前應該怎樣表現自己！

幸運的是，正在此時，整艘艦艇上最有魅力的女鼠，**布魯格拉·斯法芙**走進來。啊，每次我見到她的時候，我的雙腿都如同在陽光下的**乳酪**一般快要融化了！

在星際舞會之夜，我希望能夠送給她一份漂亮的**禮物**，但是我還沒有決定要送什麼！

此時，爺爺注意到我心不在焉，對着我吼道：「**笨蛋孫子**！你在聽我說話嗎？」

我趕緊回答說：「是……是的，當然，爺爺，**都清楚了，非常清楚，非常非**

**常清楚了！** 現在我得離開一下……」

在和眾鼠打過招呼之後，我離開去尋找
「銀河之最號」上的科學家——

費魯斯教授：他
一定能幫我找到一
份**完美**的禮物來送
給布魯格拉的！

我一定會送一份特別的禮物給你！

25

# 魔幻旋風尾巴？？？

這個時候，費魯斯教授應該躲在實驗室裏研究他的**新發明**吧。

當我走進實驗室的時候，我看到他和我的小姪子班哲文在一起，而班哲文的手上還拿着一件奇怪的**裝置**：一個看似是**割草機**或是捲髮機的東西。班哲文跟我打招呼說：「啫喱叔叔！你是來看費魯斯教授的新發明嗎？」

我走過去擁抱了一下我親愛的**小姪子**，然後說：「你好，班哲文！嗯，是的……很厲害的發明！太神奇了！可是……**這到底是什麼？**」

費魯斯教授上緊了幾顆螺絲，然後驕傲地說：「早安，艦長先生，我向你介紹一下我最新的發明：魔幻旋風尾巴！」

　　**我仍然是一頭霧水：**「嗯……這個東西有什麼用呢？」

　　「很簡單！」他回答說，「這個**魔幻旋風尾巴**是一個多功能的尾巴美容造型儀器，讓太空鼠可以隨時給尾巴進行修剪、燙直、燙捲和編辮子等，它將會大大改善『銀河之最號』上太空鼠的生活質素！雖然，還有待調校測試，但是……」

　　這刻，我突然聞到**一陣濃濃的乳酪**味撲鼻而來！！接着，聽到賴皮叫道：「我們**很快**就可以調校好它的！」只見他的手爪拿着一塊有冥王星山羊乳酪的麵包，衝進實驗室裏。

我的宇宙乳酪呀！為什麼每次賴皮做些什麼事情的時候，最終倒霉的鼠都是我呢？

　　我的表弟拿起了這個**魔幻旋風尾巴**，然後對我說：「我們試試它吧，表哥，只需幾秒鐘的星際時間我就能給你做一個**太空時尚捲尾**！」

　　說完，他就立刻按下開關，而魔幻旋風尾巴如同一隻**兇猛的**金星蚊子一樣開始嗡嗡直響。我的宇宙乳酪呀，那玩意兒使我的

呃？

開動了！

① 魔幻旋風尾巴開始運作起來嗡嗡直響；

② ……然後我的尾巴感覺到一陣刺痛……

哎喲！

我們來試試它的效果吧！

整根尾巴都感到有些刺痛！

最後，賴皮滿意地笑着說：「真是一個出色的傑作啊！」

我回過頭來看了一眼，簡直無話可說了。我的整根尾巴都變成捲曲的！這下我幾乎絕望了！這根可笑的尾巴和我艦長的身分完全不配啊！當布魯格拉看到時它時會怎麼說呢？一想到這裏我都快要哭了……

而賴皮卻大笑着說：「哈哈哈，表哥，難道你不滿意嗎？要知道捲曲尾巴可是現時整個星系中最時髦的！」

呃？

完成了！

**3** ……最後我的整根尾巴都變成捲曲了！

「不許笑，賴皮！」

這時，我驚見教授和班哲文都在一旁竊笑着。

正當我準備離去之時，**咕咕，咕咕，**突然聽到船艦上的主電腦——全息程序鼠的聲音響起：

「黃色警報！

黃色警報！

黃色警報！」

我的宇宙乳酪呀，這次又發生什麼事情了？

## 金星煙熏奶昔……

　　於是，大家都趕緊從實驗室裏走出來，**直奔控制室！**

　　班哲文不斷催促着我：「啫喱叔叔，快一點，一定是發生一些**很嚴重**的狀況了！」

　　他說得沒錯，我們必須趕快去看看，因為警報聲越來越響了！

　　「我們坐噴氣電梯去吧！」在我身邊的費魯斯教授邊跑邊建議說。

　　**哦，不要！**我不坐噴氣電梯！

　　我根本連想都不敢想！

　　你們知道那玩意兒是怎麼運作的嗎？

　　我來說給你們聽……

啊呀！！！！

噴氣電梯是一根巨大的**玻璃管道**，它貫穿整艘艦船上的不同地方，方便迅速**運送**乘客到不同的樓層。怎麼運送？很簡單：那就是通過一股**強大的氣流**將乘客吸到（或是吹到）要去的樓層。

每次我從這玩意兒裏出來的時候，都是鬍子**亂顫**，肚子裏翻江倒海的，四爪如同太陽底下融化的**乳酪**一樣軟癱……

正當我準備向大家建議改乘**太空的士**的時候，我還沒來得及說話，賴皮就一把抓住

我，將我塞進了噴氣電梯，一邊喊道：「**出發啦**！」

很快，一股氣流就將我們**托起**，然後我們就如同火箭一般飛了上去。在我走出電梯的那一刻，我的腦袋**暈眩**得像是一杯金星煙熏奶昔一樣……

看來我是**永遠**、**永遠**、**永遠**都無法適應噴氣電梯的！

我覺得自己快暈倒了！

# 緊急狀況！

　　當我們趕到**控制室**的時候，馬克斯爺爺就馬上責備我，大聲嚷着說：「笨蛋孫子！你剛才在哪裏？難道你沒有聽到**黃色警報**嗎？黃色警報就意味着有**非常嚴重的緊急狀況！**而出現**緊急情況**就意味着你需要**馬上**趕到控制室，不，我的意思是說，要**立刻**到控制室……也就是說，**你早就該過來了！**」

　　我試圖解釋說：「呃，事實上，我……」

　　「你的**尾巴**怎麼了？」

　　「是這樣的……我……」

　　但是，爺爺立刻打斷了我：「閉嘴，小孫

子，我不想聽解釋！現在我們面臨一個很嚴重的問題！」

咕吱吱……**一個很嚴重的問題？**
**這下可讓我着急起來！**

不僅僅是因為我們遇到了難題，也是因為此時此刻布魯格拉・斯法芙正在**盯着**我那條捲曲的尾巴看呀！

**我的宇宙乳酪呀，真是太尷尬了！**

為什麼，為什麼，為什麼這一切都發生在我的身上？

這時，菲將我帶回了現實之中，她說：「謝利連摩，現在的狀況確實非常棘手……我們收到了一條來自光之星的**神秘**信息……

「光之星？？」我向後退了一步說，「是精靈人生活的星球嗎？是我們那些專注於製作禮物的朋友們居住的星球嗎？那裏會發生什麼事呢？」

接着，我努力使自己平靜下來，然後用冷靜的口吻（特別是布魯格拉正好在面前）建議說：「我們先聽一下信息裏說些什麼吧！」

布魯格拉說：「是的，艦長先生！不過，我要提醒你，我們的接收器顯示這條信息並不完整……也許受到了星際通訊干擾……我們試着聽一下吧！」

這時，布魯格拉按下了啟動接收器的按鈕，然後……

滋滋滋滋滋滋滋滋……

我們聽到的只是一陣滋滋的雜訊聲音！

「啊！真刺耳啊！這樣根本什麼都聽不懂啊！」賴皮捂着耳朵叫道。

　　全息程序鼠説：「我需要先穩定聲波，然後調節電磁波的脈衝……」

　　我呆呆地看着它問：「嗯……那是什麼意思？」

　　全息程序鼠解釋説：「意味着需要使用光子波來……」

　　「明白了，明白了。」

　　我打斷他説，「這都不是很重要。嗯……布魯格拉，如果你明白它

啊？

的話，你可以開始操作嗎？」

布魯格拉點了點頭，連續按下了幾個**按鈕**，然後說：「好了！現在接收器能夠正常工作了！」

儘管那信息裏的聲音仍然是斷斷續續，但是我們總算可以開始聽到一些話語了：「救……救命！滋滋……我們……滋滋……囚……滋滋……」

接着，信號隨即中斷了。

「我們……囚……？這是什麼意思？」賴皮一臉疑惑地問。

班哲文很快回答說：「恐怕他是想說『**我們被囚禁了**』吧！」

在控制室裏，大家頓時靜默下來，一片沉寂。

# 誰綁架了精靈人？

這個信息讓所有鼠都面面相覷，因為大家得出的結論是：我們的好朋友精靈人被綁架了！

**是誰幹的？為什麼？**特別是：**我們該怎麼辦？**

菲如同看穿了我的想法一樣：「我們必須去*光之星*弄清楚到底發生了什麼事！而且要趕緊了！精靈人現在有危險了……我們已經不能再耽誤時間了，這是一個關乎到所有**太空鼠**的任務！」

「菲說得沒錯，」費魯斯教授說，「我們得去救**精靈人**！」

「我們也要去！我們也要去！」**潘朵拉**和**班哲文**附和說，「我們想幫你們一起去救精靈人……」

我們也要去！

我打斷孩子們說：「你們不能和我們一起行動呀，這個任務有可能會有**危險**。」

「是這樣的……如果孩子們留在艦船上的話……」賴皮說，「我也可以留下來陪着他們……」

## 我的維嘉星乳酪呀！

我的表弟是在找藉口不去光之星嗎？

幸好，這時馬克斯爺爺馬上**嚴厲地**對賴皮說：「小孫子，這事你就別想了！我們需要聯合所有鼠的力量去拯救精靈人！所以，你也得**出發**參與這個任務！」

說完，他轉過頭來跟我說：「當然，還有你，謝利連摩，你將會是這支派遣隊的隊長！看你一臉害怕的，你還算不算艦長了？」

雖然爺爺說得沒錯，但是我真的怕得要命！

「好……好的，我……我們一定要把精靈人拯救回來……**但……但是從誰的手裏？**」我問道。

費魯斯教授補充道：「是呀！到底誰會綁架他們呢？精靈人是一種非常**善良**而且有**禮貌**的生物呢⋯⋯全宇宙所有的居民都喜歡他們！」

　　菲非常**堅定**地回答我說：「想要知道究竟是誰幹的，唯一的方法就是馬上**出發**去光之星！」

**咕吱吱！**

　　我要是能夠像我的妹妹那樣勇敢和果斷就好了！只不過⋯⋯我此時已經是膽顫心驚了！

# 真正的艦長一定
# 會做正確的事情！

為了解開這些**謎團**，我們立即開始去做出發前往**光之星**的準備工作，在那裏，或許有**危險**正在等待着我們呢，說不定我們會遇到那些體型巨大又**兇猛的**綁匪……那怎麼辦呢？

**一想到這裏**，我害怕得連鬍子也禁不住發抖起來：我可不是一個擅長執行危險任務的太空鼠……

救命啊！

# 我只是想成為一位作家！

馬克斯爺爺注意到了我猶豫的表情，說：「作為一名艦長，有輕鬆的時候，也有認真做事的時候！而一位真正的艦長，應該很清楚需要做哪些正確的事情！」

**我的水星乳酪呀**，爺爺說得沒錯！我應該去做一件正確的事……那就是去拯救精靈人！

正在這時，布魯格拉問道：「你們準備好進行遠程瞬間傳送了嗎？」

「早就準備好了！」我堅定地回答道。

於是，我和菲、賴皮，以及費魯斯教授一起站上了傳送裝置的平台，然後閉上了眼睛……我還是得承認，我非常不喜歡借助遠程瞬間傳送裝置在太空中旅行！

因為我總是會擔心在傳送的過程中，我會

吓？

呃？

不會**少幾根鬍子**，或者**鼻子不見了**，又或者是**更糟糕的沒了耳朵**！總之，誰也沒法保證……

呀！！

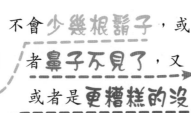

但是，這次，當我重新睜開眼睛的時候，卻感到十分意外。

「怎麼回事？我們絲毫也沒有移動啊！」賴皮喊道。

布魯格拉自言自語說：「**奇怪，真是奇怪……**」

接着，她重新按下了啟動裝置的按鈕……

3，2，1……出發！

「仍然什麼都沒有發生！」菲說。

布魯格拉又試了一次……

3，2，1……出發！

完全沒有動靜！

「也許傳送裝置出了什麼問題……」布魯格拉略帶歉意地說。

費魯斯教授推斷說：「不是傳送裝置的問題！而是在光之星的大氣層裏有些東西**阻止**了傳送裝置。我們得另想辦法了！」

我長吁了一口氣：「**呼**……總算不用被瞬間傳送了！可是……呃，那我們該怎麼**去**那裏呢？」

菲建議說：「我們可以乘坐我的探索小艇去！」

這時，布魯格拉對我笑着說：「**祝你好運，艦長先生！**」

啊，多麼甜美的聲音！我**心中**的女神鼠在祝福我……

這是說明她着緊我嗎？

於是，我想着想着有些**出神**地跟班哲文和潘朵拉說再見之後，就和妹妹菲、費魯斯教授，以及賴皮一起登上探索小艇。不久之後，我們進入了

**星系**的軌道裏。

祝你好運！

待會兒再見！

# 任務開始！

　　當探索小艇在太空中遨遊的時候，費魯斯教授一直在擺弄他隨身攜帶的那些裝置。

　　「教授，你帶了一大堆東西，你確定都能用上嗎？」我問道。

　　教授微笑着回答說：「我也不確定，但是最好還是做好萬全的準備。宇宙中有這麼多外星人，有善良的朋友，也有兇殘的海盜，誰知道我們會遇到什麼危險……」

　　危……危險？我的宇宙乳酪呀，太可怕了！

　　我開始害怕得不由自主地

太可怕了！

發抖，臉色蒼白得如同一塊月亮乳酪一樣。

「嗨，表哥，別再**發抖**啦，你使得太空船晃得我都……**啊**┅┅睡不着了。」賴皮坐在位子上打了個哈欠説。

我問道：「在這種時刻你怎麼還能**睡得着？**」

菲插話説：「啫喱，賴皮説得沒錯！你的情緒已經**干擾**到我駕駛了！」

於是，我重新回到自己的座位上，嘗試**保持冷靜**……

幸運的是，之前魔幻旋風尾巴把我尾巴弄成**捲曲**的效果已經消失了，我的尾巴重新回復了正常狀態！

探索小艇在平穩地航行着，直到我們的耳邊突然響起了一陣**奇怪的**嗡嗡聲。

「這個聲音到底是哪裏發出來的？」菲四下張望然後問。

嗡，嗡，嗡……

「這應該是賴皮的呼嚕聲！」我回答說。

呼，呼，呼……嗡，嗡，嗡……

「不是的……賴皮的呼嚕聲蓋住了另外一個聲音，」費魯斯教授說，「你們沒有聽到嗎？」

呼，呼，呼……嗡，嗡，嗡……

教授說得沒錯，那到底是什麼聲音呢？

菲大聲叫道：「賴皮，醒醒！」

直到這時，我才意識到我的手腕上的東西在震動着：「是我的**腕式電話**！」

有誰打電話給我了！

我很快按下了通話鍵。

儘管通訊受到干擾而嗡嗡聲不斷，我還是勉強能夠聽見布魯格拉的聲音説：「史提頓艦長，史提頓艦長……**滋滋**……總算可以……**滋滋**……聯繫上你了！」

我立刻回答説：「嗯，是的……有些小干擾……」

布魯格拉繼續説：「艦長先生，你們一定要**小心**，我們的通訊系統受到較強的干擾，附近好像有一股很強的**能量場**，不斷地阻止……**滋滋**……」

通訊再次斷斷續續了，電話裏只剩下嗡嗡聲，情況就如我們之前在**控制室**裏收到精靈人傳來的信息一樣。

「艦長先生，艦長先生！」布魯格拉叫喊道。

「要回復通話可能比較困難，但是，請你們仔細聽着：我發現在光之星上還有**其他外星生物**，而不僅僅是我們的朋友**精靈人**！」

這下，我嚇得從椅子上一下子站起來，叫道：「還有其他外星生物？誰……誰？」

可是，我並沒有得到回應，腕式電話通話就已經中斷了。

與此同時，我的叫聲驚醒了正在睡覺的賴皮，他驚呼道：「發生什麼事了？誰在喊我嗎？我是不是錯過了什麼重要的事情？」

「沒有，賴皮，反正我們已經離光之星很近了，可以開始準備着陸了！」菲指示説。

# 光之星

光之星

我曾經在星際百科全書上讀到光之星是一顆就像一個禮物盒似的**美麗**行星，上面長滿了色彩鮮艷的**植物**。

但是，我望向舷窗**看見**這顆行星像是熄滅了一樣！當我們着陸時，大家都感到更加驚訝，因為在這裏什麼**顏色**都沒有！

費魯斯教授皺着眉頭說：「**太奇怪了！**這裏怎麼一片昏暗，灰濛濛的，而且迷霧重重！」

探索小艇着陸的地方距離一個小村莊不遠，村莊裏分布着各式各樣的小房子。

58

這些房子的屋頂都是尖尖的，並且懸掛着許多 圓 球 作為裝飾物。但是，這和我們在星際百科全書上讀到的不同，所有的東西都並不是**色彩鮮艷**的，而是一片**死氣沉沉**。

　　這裏一片寂靜，房子的窗户全部都緊閉着，街道……甚至是花朵也全部垂下來了！

　　在這裏，似乎所有的東西都被一層濃霧所籠罩着。到底發生了什麼事？

真奇怪！

我們繼續向前走了幾步，但是很快賴皮叫道：「**這裏什麼東西都看不清啊！**」

費魯斯教授補充道：「而更重要的是……怎麼連一個外星人影也沒有！**奇怪……真是奇怪……**」

正巧在這個時候，我們突然聽到了一陣響聲。

我結結巴巴地說：「我、我想……有、有誰在那……那裏……到底會是誰呢？」

**一個可怕的金星人？**

**或者是一個恐怖的怪獸？**

**還是一棵危險的植物？**

這時，探索小艇的艙門打開了，只聽見兩把熟悉的稚嫩聲音一同叫道：「**嗒喱叔叔！**」

嗒喱叔叔！

原來是你們啊！

我長吁了一口氣：是班哲文和潘朵拉！

「孩子們！你們怎麼會到這裏來的？我不是叮囑過你們要留在艦船上不要**跟着來**嗎？」

雖然我十分擔心孩子們的安危，但我還是感到十分慶幸，幸好不是有什麼危險的外星人出現呢！

潘朵拉解釋說：「我們也想要幫助精靈人……」

「而且我們希望能夠和你在一起，啫喱叔叔！」班哲文繼續道。

我被孩子們感動了，他們的**勇氣**讓我意識到自己也必須更有**擔當**。

這時，菲說：「好吧，你們就一起來吧，但是必須時刻和我們在一起。賴皮，快拿手電筒來！」

「嗯……但是我們一共只有兩支。」賴皮說。

「難道你不是應該至少帶上四支嗎？**你**説是不是，笨蛋表哥？」

「我以為你會拿上的！」我回答説。

「這事應該是你緊記着的，表哥，因為你才是艦長！還是説你連自己的身分都忘記了？**呵呵呵！**」

*你不是應該至少帶上四支嗎？*

*我以為你會帶上的！*

我正準備以牙還牙，但是菲立刻打斷了我倆的爭論：「我們可沒時間在這裏**打口水仗**！大家必須馬上找到**精靈人**！」

於是，我們繼續前行，穿過了**空無一人**的村莊。

儘管我和賴皮亮起了手電筒，但是我們還是無法加快腳步，因為手電筒的燈光只能照亮非常有限的一點距離。

突然，在我們的前方似乎有什麼動靜。

費魯斯教授突然停下了腳步，而我由於緊跟在他身後的緣故，一鼻子撞在他的身上。

「哎喲！」我痛得直叫喚，「你怎麼停下來了？到底發生了什麼？」

他解釋說：「艦長先生，我發現了一排！」

# 2，4，6……手電筒？

　　腳印？費魯斯教授把手電筒照向地面，讓我們得以清楚地看到在雪地上有……一個巨大的腳爪印…………

　　我的維嘉星衛星呀！我的尾巴都被嚇得捲起來了！

　　對於精靈人來說，這樣的腳印實在是太大了！

　　我的妹妹菲仔細端詳這個腳印，然後語氣堅定地說：「你們看，前面還有不少……我們跟着腳印走！」

「什麼？跟⋯⋯跟着腳印？你⋯⋯你確定這樣做是⋯⋯是正確的？」我結結巴巴地着說，害怕得連鬚子也不停顫抖着⋯⋯

正當我們還在猶豫的時候，兩支手電筒突然全都**熄滅**了。

「到底發生了什⋯⋯什麼？」我有些擔心地問。

正當我拿起一支手電筒想要**看看**哪裏出了問題時，它卻突然又**亮了起來**，直接照在我的臉上！

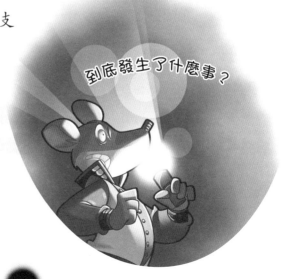

到底發生了什麼事？

轉眼間，手電筒又再次**熄滅**了……

菲猜測説：「可能這裏有某種磁場干擾，使得我們的設備無法正常工作……」

正在此時，我突然意識到我們已經被**黑暗**籠罩，迷失在宇宙盡頭、一顆被**神秘外星人**佔領了的行星上……

想到這裏，我身上的皮毛一陣發麻！

我低聲説：「班哲文，潘朵拉，你們在哪裏？」

「我們在**這裏**！」班哲文回答道。

「很好，你們千萬別走遠……」我努力使自己的語氣保持鎮定，雖然我已經**害怕到不行**！

這時，一道光引起了我的注意：看上去像

是從一支 手電筒 裏發出的！

　　菲大聲叫道：「做得好！賴皮，你把手電筒修好了？你怎麼做到的？」

　　賴皮回答說：「呃……事實上……是這樣的……我其實 什麼都沒有做……」

　　緊接着，我一下子看到了 2……4……6……8…… 個 光點！

　　哦，哦，這不可能是我們的手電筒發出的光，因為我們一共才只有兩支……

　　突然之間，我似乎明白了，我們已經被神秘的外星人 包圍 了，而我們所看到的光，其實就是…… 他們的眼睛！

# 俘虜

那些外星人正**氣勢洶洶**地看着我們，我嚇得咽了一口口水。

菲警覺地大叫起來：「我們趕快回探索小艇上去！快點，**快跑！**」

但是，那些外星人似乎並不打算讓我們逃跑，他們快如閃電地迅速向我們**跳過來**將我們抓住並**綁緊**，就這樣，在我們還來不及反應之前，便將我們抬走了。

由於這裏的一切都被黑暗所**籠**

快跑！

**罩**，我根本無法看清楚四周，哪怕是離我很近的東西，也無法辨別到底是誰抓住了我們……

我的腦海裏有着無數個疑問：

1) 這些神秘的外星人到底是誰？

2) 他們打算帶我們去哪裏？

特別是……

## 3) 我的同伴此時在哪裏？

過了一會兒，我聽到了開門的聲音，裏面透射出了一絲微弱的光線。

我驚見和我一起被抓起來的還有菲、賴皮和費魯斯教授，但是，卻不見班哲文和潘朵拉的蹤影！

那些外星人將我們放到地上，然後打開了一扇門，把我們掉進一間有燈光的木地板

房間裏。

現在，我終於看清楚這些禁錮我們的外星人的真面目了！

他們體型非常龐大，而且身上長滿了亂蓬蓬的灰色**長毛**，嘴裏長了幾顆**巨大的**獠牙，外表非常可怕！

我望向費魯斯教授，希望他會知道眼前的是哪種外星人，不過他看上去似乎和我一樣吃驚。

當我仔細觀察了這些外星人之後，我注意到在他們的尾巴末端長有一顆深色的 。

## 奇怪！ 真是 奇怪！

其中一個**大塊頭**走了過來，看上去他應

該是那些外星人的小頭目，面目猙獰！

他走過來，把我**放置**好，然後上下打量着我，惡狠狠地問道：「你們是誰，小老鼠？你們來這裏幹什麼？」

我努力讓自己的聲音聽上去鎮定和**勇敢**些，說：「我們是太空鼠。我的名字叫謝利連摩·史提頓，是『**銀河之最號**』的艦長！這些太空鼠們都是我的同伴。我們來這裏是因為收到了我們的好朋友**精靈人**發送的求救短信，反倒是你們，你們到底是誰？在光之星幹什麼？」

外星人回答說：「我們是來自**迷霧星**的**迷霧人**，我叫**威赫**，是迷霧人的首領，我們到這裏就是為了抓住精靈人，然後佔領光之星的。」

# 星際百科全書

## 迷霧人

**居住地**：迷霧星

**性格**：好鬥且脾氣暴躁

**特點**：在尾巴末端上有一個滑稽的深色小球

**格言**：如果迷霧人得不到禮物的話，那迷霧人就去把它搶過來！

菲問道：「所以，你們捉走了精靈人，對嗎？為什麼？我們的朋友呢？」

威赫**放肆大笑**起來，回答說：「哦……他們在一個很安全的地方！」

接着，他撓了撓額頭，有些**生氣**地說：「我們綁架他們是因為在過去很長的時間裏，他們從來都沒有送過**禮物**給我們！一次也沒有！所以，我們決定直接**過來**逼迫他們只為

我們生產禮物！」

「這當中肯定有什麼誤會！精靈人是非常**友善**而且有禮貌的⋯⋯他們一定不會故意不送禮物給迷霧星人的！」費魯斯教授大聲喊道。

我們從來沒有收到禮物！

「有可能是這樣吧！」他強調說，「但是，我們迷霧人從來沒有收到禮物，夠了！現在，時間已經**很晚**了……我不會讓你們來破壞我們的計劃的！」

這時，**威赫**對着他身後的兩個迷霧人點了點頭，然後命令說：「衛兵，把他們統統扔到**牢獄裏**去！」

雖然我們盡力掙扎，但是迷霧人實在是太強壯了。我們就像一塊塊乳酪一樣被帶下樓梯到地牢的大廳，裏面設有幾間單獨的囚室：守衛打開了其中一間囚室，然後我們就被扔進去了。

## 這下情況不妙了！

# 勇敢的精靈人

事態的發展如同一棵冥王星樹莓一樣布滿荊棘。我們被關進了一個漆黑的小牢房裏，守衛森嚴，根本沒有可能逃跑！

賴皮垂頭喪氣地問道：「現在我們該怎麼辦？」

菲坐在地板上，閉着雙眼若有所思，然後她歎了一口氣說：「這下情況不妙了，而且，現在連班哲文和潘朵拉都失蹤了……」

**我的宇宙乳酪呀！**她説得沒錯！

我們都不知道孩子們現在身處什麼地方！

費魯斯教授説：「我相信班哲文和潘朵拉此時應該很安全。」

「我們得想出一個計劃，想辦法從這裏**逃出去**……」菲低聲説。

牢房裏頓時陷入了一片沉寂。

**為什麼？為什麼？為什麼**我們沒有留在那艘溫暖的宇宙飛船上呢？

過了一段很長時間之後，一把溫柔細小的聲音打破了沉默：「這可不容易……」

「**誰……誰……誰在説話？**」我極度驚恐地結巴着問。

「是我。」那個聲音回答道。

「嗯⋯⋯哪個『我』？」我問。

我們在周圍仔細尋找了一圈，終於在一個**角落**裏看到一個渾身**綠色**，長着一個像**喇叭**一樣鼻子的外星人。他頭戴着一頂紅色的帽子，身上穿着一件紅色的長外套和一條淺綠色的褲子。

「我的宇宙小行星呀！這是一個精靈人！」費魯斯教授說。

精靈人笑了笑解釋說：「沒錯，我叫**路比**，是一個專門製作高級玩具的工匠！」

他的聲音**十分優美**，如同音樂旋律一

我叫路比！

般。

　　菲走近路比，然後介紹說：「我叫菲・史提頓，很高興認識你。

　　「我們**太空鼠**是精靈人的好朋友，我們很感謝你們每年送來的禮物……這到底是怎麼回事？其他的**精靈人**呢？」

　　路比歎了口氣，緩緩道出了事實的真相：「**迷霧人**入侵了我們的星球，強迫我們只為他們製作禮物。多年以來，他們從未收到禮物，因此現在他們想要獨佔所有的東西！」

　　「可是，你們精靈人一直以來都非常友善啊……為什麼會從來都沒有給迷霧人送過禮物

迷霧星

呢？」我有些吃驚地問。

「我們並不是故意這麼做的！因為迷霧星常年被籠罩在**黑暗**的霧裏，我們根本看不清星球上的情況。

「我們**精靈人**根本就不知道迷霧人的存在！因此，我們從來都沒有給迷霧人送過禮物……我嘗試着解釋給**威赫**聽，但是他並不相信我的説話！現在我的同伴都被他們**捉走**了，而且由於迷霧人帶來的負面情緒，令整顆**光之星**變得又昏暗又霧濛濛了……」路比擦了擦**眼淚**，悲傷地説。

「不要擔心，朋友！**我們一定能夠找到辦法解決的！**」我自信地説。

賴皮接着問：「那為什麼你會在這裏而不是和你的同伴一起工作呢？」

路比*驕傲*地回答説：「因為我不幹了！我可不想單單只為迷霧人生

我不幹了！我反抗他們了。

產禮物！這個**宇宙**裏所有的居民都應該有一份屬於他們自己的禮物！」

我的宇宙乳酪呀！

多麼勇敢的小個子！

我和同伴們互相**對望**了一眼：是時候該有所行動了。

「我們會幫助你的！」我斬釘截鐵地説。

然後，菲笑着點了點頭：

「**太空鼠團隊，
上下一心！**」

我們大家一起附和高喊。

噓……噓……噓……

我們已經準備好去拯救精靈人了！

**路比**感動地看着我們説：「謝謝你們，朋友們，你們實在是太善良了……我只有一個小小的疑問……」

賴皮信心滿滿地回答説：「説吧，小精靈人！」

「嗯……我們該怎麼從這裏**出去**呢？」他接着解釋説，「我們現在位於倉庫的裏面，我們一般會在這裏分門別類地存放不同的禮物，然後再於**星際舞會之夜**的時候送到全宇宙裏去……我很清楚這裏的情況，這裏的鐵欄非常堅實，牆壁很厚，天花板很高……如

果我們沒有鑰匙的話，實在**很難**從這裏逃出去的……」

路比說得沒錯！

費魯斯教授歎了口氣說：「如果大家有隨身帶上我的**發明**就好了，不過可惜那些東西現在都在探索小艇上……」

這時，菲忽然豎起了耳朵，說：「等一下……我好像聽到了什麼**動靜**！」

我四下張望說：「嗯？什麼？」

「你們聽……有什麼東西正在靠近我們……」

**我的冥王星乳酪呀！**到底會是誰？是威赫？還是某個守衛？

「喂……是誰呀？」我顫抖着聲音問。

兩把細小的聲音回答說：「啫喱叔

叔，是我們啊！」

　　我一下子認出了這兩把聲音⋯⋯

　　「班哲文！潘朵拉！太好了，你們沒事！你們是怎麼避開**迷霧人**的追捕的？」

　　「我們並沒有遇上太大困難！」潘朵拉解釋說。

　　「因為迷霧人一開始並沒有**看到**我們，當他們抓住你們的時候，我們躲在一間小屋的後面，看着你們被帶走之後，我們**回到**探索小艇並躲進一個**密室**裏。」

　　班哲文繼續說：「然後，迷霧人搶走了探索小艇，把它停到一個巨大的倉庫裏，並且蓋

上了它。不過，由於我們**藏得太隱密了**，他們直到最後都沒有發現我們！我們等待他們走遠之後才出來，當時正好看見你們被帶到**這裏的地牢**，所以我們就跟來找你們了！」

「我們這就想辦法放你們出去！」潘朵拉說。

「可是……**你們打算怎麼做呢？**」賴皮有些擔心地問。

直到此時，我才注意到班哲文的手上拿着一件東西，我把它打開之後……是**魔幻旋風尾巴**！！

「費魯斯教授，你把魔幻旋風尾巴帶到探索小艇上來了？」我問。

「當然！」他回答說，「我想它或許會有用……」

「事實上我有一個**主意**。」班哲文說，「也許，魔幻旋風尾巴不單可以在美容店裏用於**美容**打扮，我想我們也可以試試用它來剪切⋯⋯比如**鐵桿**！」

我的宇宙星系呀，班哲文說得沒錯！

**魔幻旋風尾巴**的刀片非常鋒利，不一會兒功夫便切開了牢門的**鐵桿**！

「謝謝了，朋友們！」路比一邊說，一邊擁抱了班哲文和潘朵拉。

我也緊緊擁抱了一下我的**小姪子**，然後說：「我們的行動還沒有結束呢，我們還要去救其他**精靈人**。」

「說得對，艦長先生！」大家異口同聲回答。

# 自由了！不，還沒有⋯⋯

我們沿着走廊飛速**奔跑**，現在已經沒有時間再給我們浪費了！當我們來到一扇**木門**前時，我回頭跟大家説：「噓⋯⋯你們都到我的身後面來！」

然後，我將木門打開了一道縫，努力讓自己不要發出任何聲響。

突然，費魯斯教授竟打了一個異常響亮的噴嚏：「乞嚏！」

我的千萬行星啊！我們得小心一點，不然迷霧人就會發現我們了！

「教授，請盡量**克制**一下！」菲低聲説。

「哦，對不起，對不起！好像我有些感冒了……」費魯斯教授一邊回答，一邊摀着鼻涕……並發出更大的聲響！

我的千萬行星啊！

如果他繼續發出這麼大的聲音的話，我們很可能會被發現的！

我打開門，看到另一邊有一條長長的昏暗的走廊。

真是嚇人啊！

我們緊貼着牆壁向前走，盡量不使自己暴露行蹤。

　　當我們來到走廊**拐角**的地方時，突然傳來了一聲巨響，把大家都**嚇了一跳**。

　　路比走上前來説：「我在前面帶路，史提頓艦長，我很熟悉這裏，這裏是通向**工作室**的通道，我們精靈人在那裏生產送給孩子們的禮物……我的朋友就被是迷霧人囚禁在那裏！」

　　我們跟着**路比**走進了如同迷宮一般的通道中，我們必須加快速度，因為迷霧人隨時會出現。

　　路比轉向了**右面**，然後轉向**左面**，緊接着又是**右面**，然後又是**左面**……

「跟上我，趕快！」

賴皮吐了吐舌頭說：「呼……這條通道怎麼那麼長……我們什麼時候才能到啊？」

我低聲說：「噓！賴皮，小聲點！你想讓我們再被抓住嗎？」

他**不慌不忙**地說：「嗨，表哥，別小題大做了！這些通道裏根本就空無一人？不如我們跑過去吧，這樣可以早些到達出口！」

說完，賴皮跑到我的前面去了。

「賴皮，你去哪裏？**小心！**」我試圖叫着阻止他。

但是，他一點也沒有想過要聽從我的話。

菲擔心地說：「我們快跟上他吧，我可不想他**闖出什麼禍！**」

於是，我也開始跑起來。

「找到了！」當我見到他時，我叫道，然後轉身尋找我的伙伴們：「一切正常，伙伴們！」

但是，我們並沒有在菲、費魯斯教授和大家的臉上看到笑容，大家一臉驚恐，並同時指着我的身後面。

當我轉過頭來的時候，我才明白過來……在賴皮的前面，是兩隻深灰色的爪子，連接着**手爪**的是一個**龐大的**身軀，在身體的上面有一個**巨大的**腦袋……腦袋上的那雙黑色眼睛露出**兇光**。

我的宇宙衞星呀……我們撞見了迷霧人的首領威赫和他的爪牙！

## 我們再次陷入麻煩了！

98

# 這個時候，只要笑就可以了……

迷霧人從走廊的四面八方**圍過來**，準備捕捉我們。

威赫命令說：「衛兵，抓住他們！」

我的妹妹菲大喊道：「**快跑！**」

於是，大家都開始拼命在這個**迷宮**一般的通道裏逃跑。

迷霧人緊跟在我們的後面大叫：「你們逃不了的！」

正當我們快要逃脫的時候，我卻一個不小心被一個落在地上的**玩具**上給絆倒！

於是：

★ **1.** 我跌倒在地之後開始在地面上**滑行**……

2. 我滑行的時候**撞向**賴皮身上，並把他和大家一起前仆後繼地拉倒在地上……

3. 大家最後一同**撞到**牆壁上，情況就如在麵包上塗上一大塊維嘉星乳酪一樣擠作一團。

哎喲！痛死了

費魯斯教授用揉了揉隱隱作痛的尾巴，然後抬頭看了看前面，尖叫道：「哦，完了，他們就在這裏！」

我們已經被迷霧人包圍了，但是……

威赫站在所有迷霧人的最前面，在威赫的兇惡猙獰的臉上，似乎出現了**奇怪的表情**，一種**從未見過的表情**。

到底發生了什麼事？

威赫的臉開始慢慢變得……**通紅？**

這時，他的嘴巴**慢慢張大，慢慢張大，慢慢張大**……最後爆發出一陣大笑！

**哈哈哈！哈哈哈！哈哈哈！哈哈哈！**

「太滑稽了！」他喊道，「你們真是太滑稽了！**哈哈哈！**」

這時，一件非常奇怪的事情發生了：在他的尾巴末端上的那一個原本顏色暗淡的**小球**開始漸漸發亮，然後變成了⋯⋯金色的！！！

　　我看了看伙伴們，突然明白了：「看來那顆小球裏應該是盛載着迷霧人的**怨念**！我們得想辦法逗他們笑⋯⋯這樣他們的尾巴就會變成金色，身上的皮毛變成彩色的，而內心也會變得**善良**！」

　　其他迷霧人都目瞪口呆地看着他們的首領，看來他們也從來**沒有**見他

哈哈哈哈

如此笑過！

　　這時，威赫的身上正在發生着變化，他的毛色從灰色變成了**藍色**、**紫色**、**黃色**、**綠色**！

　　他的同伴們見狀也開始**大笑**起來，我想現在已經是時候行動了：我們要讓所有的迷霧人都展露笑容！

　　於是，我和菲開始**蹦蹦跳跳**，賴皮則表演着他最擅長的講笑話，比如這個：

# 你知道兩隻蜜蜂在月亮上會做什麼嗎？」

威赫搖了搖頭：「嗯……不知道……」

「**度……蜜……月！**」表弟說。

迷霧人放聲大笑起來。

# 哈哈哈 哈哈哈哈哈哈哈哈！

所有的迷霧人的身體都開始出現變化，他們已經不再像剛才那樣可怕了！

哈哈！

哈哈！ 哈哈！ 哈哈！

哈哈！

哈哈！

哈哈！ 哈哈！ 哈哈！哈哈！

哈哈！

哈哈！ 哈哈！ 哈哈！

哈哈！

哈哈！ 哈哈！ 哈哈！

# 交到新朋友真好！

　　大約過了幾分鐘之後，迷霧人總算止住了大笑。然後，渾身已經變成藍色和紫色的威赫將我們帶到玩具房，緊緊抱住我，他感動地說：「太空鼠，謝謝你救了我們！」

謝謝！

「哦，沒什麼，我……我並沒有做什麼了不起的事情！」我有些**尷尬地**回答說。

你們也知道，其實我是一個非常謙虛的太空鼠。

「才不是呢，謝謝你們的幫助，讓我們感受到**善良**和慷慨，這遠比**邪惡**和**自私**更讓人滿足！現在，我們所有迷霧人都變成了彩色的，也就意味着我們的內心充滿了幸福和快樂！我們想要好好向精靈人道歉……」

就在這時，一羣**歡樂**的小生物加入了我們——精靈人來了！

當我們在想盡法子引迷霧人笑的時候，路比已經趁機跑去**釋放**了他的同伴。

威赫低頭望着精靈人說：「我對於囚禁你們的這件事情感到非常**抱歉**。

109

「我們原本只想要得到禮物，因為從來都沒有誰送過東西給我們，現在我們已經知道**錯了**：一份真正的禮物應該是由別人發自內心和真誠地送出的，它會為大家帶來歡樂的⋯⋯**對不起！**」

　　大家看得出迷霧人確實是真心在道歉，他們全部都低下了頭⋯⋯

　　路比代表所有精靈人說：「**我們不會在意**，我們也感到很抱歉一直沒能看到你們的星球，從今以後，我們會給**迷霧星**派發許多禮物⋯⋯希望迷霧星能夠變成一個色彩鮮豔、充滿歡樂的星球！希望你們能夠體會收到**好朋友**的愛心禮物時的那份感動！」

　　我的宇宙乳酪呀！**友誼真是一種非**

原本的
迷霧星

改變後的
迷霧星

常偉大的情感！

　　我非常感動地說：「明天就是**星際舞會之夜**了，我們在『**銀河之最號**』上準備了盛大的慶祝晚會。一直以來，我們都有邀請**精靈人**朋友來做客，這次我們希望迷霧人也會一起來參加，成為我們尊貴的客人！」

威赫回答説：「朋友們，我們**很高興**能夠得到你們的邀請，也樂意跟你們一起慶祝節日。但是，我們希望幫助精靈人一起製作 **禮物**……來彌補我們所犯的過失！我們也希望能夠幫忙！」

我的宇宙乳酪呀！

這真是一個好主意啊！

精靈人十分感動，帶着他們的新朋友走進了他們的**工作室**，立即開始工作起來。

# 準備好舉行晚會了嗎?

我們留下了**精靈人**和**迷霧人**繼續工作,然後準備在**路比**的陪同下回去自己的探索小艇。

多漂亮的花呀!

這些是光之花!

當我們**走出**工作室的時候，大家都被眼前的景象吸引着，看得瞠目結舌。因為光之星已經恢復了原本的色彩斑斕與光鮮亮麗，所有的迷霧經已散去，這個星球上的事物換上了艷麗的色彩。而我也被草地上的許多紫色的**花朵**深深吸引了。

　　路比向我介紹說：「這些是光之花！」

然後，他採摘了一大把花兒說：

「這是一種**特別**的花朵，每當你摘下一朵花兒，另一朵馬上就會開花！而且，光之花的開花期很長。當別人給你送上這種花時，它就代表着長久的友情和真摯的愛。請拿着這些吧，你將這束花來送給一位特別的人的話，就**最適合**不過了！」

然後，路比向我們道別說：「一路順風，朋友們！很快我們就會再見面的⋯⋯星際舞會之夜馬上就要到了！」

我**笑着**跟他道謝，也許我找到送給布魯格拉的禮物了！

我們跟路比告別之後，就踏上了**歸程**。

當探索小艇進入太空航行時，我從舷窗上望向光之星，它已經變回**宇宙**中的一顆耀眼璀璨的星球了。

　　當我們回到「銀河之最號」時，所有的太空鼠們齊集一起熱烈地迎接我們，而**馬克斯爺爺**看起來似乎比平日和善。

　　「**做得好，小孫子！**你成功做到一個優秀的艦長所應該做的事！」爺爺說。

　　然後，他的表情恢復了嚴肅的樣子問我，「節日慶祝晚會的事情一切準備就緒了嗎？」

　　我的外太空小星星呀！

　　我得趕快回我的房間去完成我的致辭稿了！

# 星際舞會之夜

第二天晚上，**星際舞會之夜**終於來到了。

此刻，一切經已準備就緒，整艘船艦已經裝飾完成，船上充滿了節日的氣氛；而**宇宙亞米餐廳**裏擺滿了美味可口的食物，以及各式各樣的甜點。

我們太空鼠為了迎接好朋友精靈人，這可算是完成了一項**完美的工程**。

我剛剛完成致辭稿，正在重新校對一遍的時候，外面傳來了一陣**歡呼聲**——精靈人來了。

我的宇宙星系呀，我得趕緊去迎接我的好朋友們！

路比帶領着精靈人和迷霧人一同走出了太空船，高興地跑向我們。他們將一個個金色的袋子帶來了宇宙亞米餐廳。這些禮物雖小，但是卻代表了他們的一片心意！

禮物送來了！

誠意送給大家！

哇！

好哇！

晚會正式開始，接下來就是我的致辭時間了，我的講話雖然**簡短**，但是卻**發自內心**。

我清了清嗓子，說：「歡迎你們，精靈人，迷霧人！在這個特別的夜晚，我想由衷地感謝你們。**謝謝**精靈人每年用心做禮物送給我們，也**謝謝**你們的愛心和慷慨，對於我們來說，我們之間的友誼是最重要的。同樣，我也要感謝迷霧人，**謝謝**你們能夠及時發現自己內心的善良和快樂。」

最後，我總結說：

「我們都會給朋友送禮物，因為我們希望對方能夠明白他在我們心中的位置！禮物本身的價值是否貴重這並不重要，最重要的這份心意！」

這時「銀河之最號」上爆發出了一陣熱烈的掌聲。

**我的宇宙乳酪呀**！我實在是太感動了！

終於到了拆禮物的時候了，精靈人們為我準備了一個我心儀已久的乳酪外形的**書架**！

「謝利連摩，我們也有一份禮物要**送給**你！」威赫說，「是我親手做的！」

「**謝謝，真是太棒了**！」我有些激動地說。

「這是一個**迷霧人**⋯⋯的雕像擺設！」我笑着對我的新朋友說：「威赫，太感謝了！我非常喜歡！」

**121**

這時，一把聲音在我的身後響起：「小孫子，我也準備了一份 禮 物 給你！」馬克斯爺爺為我戴上了一條印有許多小行星圖案的領帶。

「還有我，喏喱！」菲把一支太空網球拍和一張「銀河之最號」上**多功能健身室**的會員卡遞給我（儘管我絕對不是一個愛好運動的鼠！）

我的宇宙乳酪呀，大家都收到很多禮物啊！

我把一束**光之花**送給了布魯格拉，她收到時臉上露出了幸福的笑容。

咕吱吱，她真是一位非常有**魅力**的女鼠！

當我想要告訴她這束鮮花的含義時，天空中的星星開始歡樂地**翩翩起舞**。

於是，所有鼠都圍聚到船艦的舷窗邊欣賞這個美麗的景象。

## 多美麗的景色啊！

我的宇宙乳酪呀，我實在是太幸福了！

儘管我沒能夠告訴布魯格拉我的感受，此刻我還是**很高興**！

因為我已經收到最好的禮物了，那就是我和**心愛**的朋友和家鼠聚首一同享受這個宇宙中最美好的晚上……並且一起欣賞夢幻璀璨的**星雨舞蹈**！

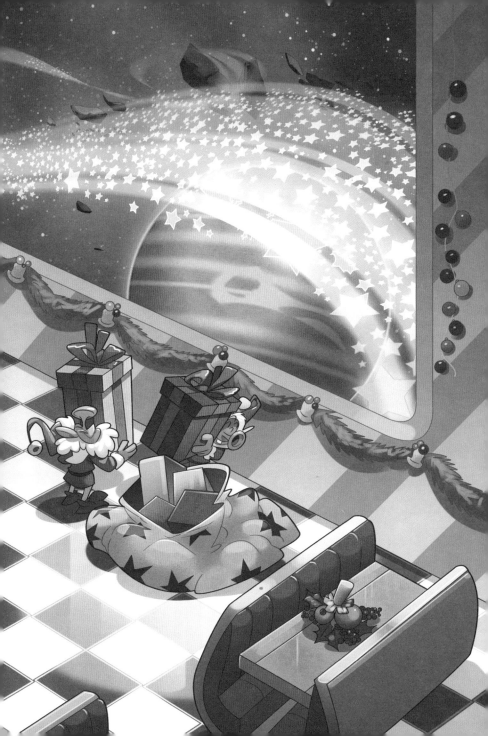

# Geronimo Stilton
# 星際太空鼠

我是謝利連摩艦長！
菲，快報告
在外太空的探索情況！

報告艦長！……我是菲

你被耍了，表哥！

哇啊！！！

哈哈哈！整個宇宙是我的！

親愛的老鼠朋友，

你們喜歡讀星際太空鼠的冒險故事嗎？

請大家期待我下一本新書吧！